Claire et les ombres

Claire et les ombres

Violaine Gelly
Bernard-Élie Torgemen

Héliopoles

Comprenne qui voudra
Moi mon remords ce fut
La malheureuse qui resta
Sur le pavé
La victime raisonnable
À la robe déchirée
Au regard d'enfant perdue
Découronnée défigurée
Celle qui ressemble aux morts
Qui sont morts pour être aimés
Une fille faite pour un bouquet
Et couverte
Du noir crachat des ténèbres

Paul Éluard

Claire

C'est vrai, j'ai encore claqué la porte. Pourtant, je ne l'ai pas fait volontairement cette fois : la poignée m'a échappé et le battant s'est refermé sur mon dos avec une brutalité que maman devait guetter. Les murs n'étaient pas assez épais pour que je ne l'entende pas crier contre cette maudite porte, contre cette maudite fille. Elle m'en veut tellement de prendre le large, de fuir cette volière bruyante dans laquelle elle-même est enfermée, esclave résignée. Elle m'en veut de partir, de n'être déjà plus là, alors qu'elle use sa vie à se cogner contre les barreaux. Pourtant, elle n'a pas crié.

C'est étrange mais ce matin, j'aurais aimé qu'elle crie. Ce matin, j'avais envie d'avoir de l'importance, d'avoir le temps. Une fois seulement. Qu'une fois seulement, il n'y ait pas les enfants à s'occuper, la grand-mère à calmer, la table à débarrasser, le linge à étendre avant de partir. Qu'une fois seulement, il n'y ait que nous deux. On se serait assises, autour d'une tasse de café, sur la grande table dont la toile cirée poche d'usure délavée. En écrasant distraitement du pouce les bulles d'air entre les fleurs passées, je lui aurais expliqué ce que j'allais faire, pourquoi je le faisais. Bien sûr, elle n'aurait pas approuvé, encore moins compris. Mais, à travers sa colère, son amertume, peut-être aurais-je ressenti une vraie présence derrière cette mère de façade. Une fois seulement. Mais jamais nous ne nous sommes assises autour d'une tasse de café. Il n'y a toujours eu qu'une mère de façade. Il y a toujours eu quelque chose de plus urgent à faire, quelqu'un de plus urgent à écouter. Alors j'ai appris à claquer les portes pour qu'on m'entende. J'ai appris à crier plus fort, à répondre avec insolence, à ficher le camp. Je fuis parce que c'est ma seule façon d'exister et mon seul espoir de leur manquer. Si je reste, elle m'étouffera et je mourrai, en suffoquant, de ce manque d'amour.

Quand je suis descendue pour préparer le déjeuner des petits, elle m'est tombée dessus avant même que j'aie eu le temps de dire quoi que ce soit.

— Peux-tu me dire pourquoi tu n'es pas allée travailler au foyer hier soir ?

Le temps de me demander quelle voisine bien intentionnée avait déjà pu lui raconter ça, entre hier soir et ce matin, et j'ai répondu la première chose qui m'est venue à l'esprit :

— Parce que je n'avais pas envie.

Mal joué face à une mère qui a tellement étouffé ses envies qu'elle crève d'entendre que les autres en ont encore.

— Quand on s'engage pour un travail, on y va même quand on n'a pas envie !, a-t-elle hurlé. C'est une question d'engagement à respecter. Et tu étais où pendant ce temps, petite traînée ?

J'ai haussé les épaules comme si tout cela n'avait aucune importance, en attrapant le bébé auquel il fallait donner le biberon, n'importe quel bébé, n'importe quel biberon.

— Ce n'est qu'une putain, a grommelé la grand-mère de son fauteuil, pour la millième fois depuis qu'elle a appris que j'étais enceinte.

J'ai failli lui répondre qu'elle n'avait pas tort et que sa petite fille, au lieu ramasser trois sous supplémentaires en faisant le ménage au foyer des travailleurs italiens, était allée se faire baiser pour payer un service en nature. Et quel service !

Mais je n'ai rien dit. J'ai fait mon œil noir et ma mauvaise tête. Ça, je sais faire : la moue boudeuse, l'air lointain, l'humeur de dogue. Ça ne la surprend pas : c'est d'elle que je tiens ce talent. Une semaine qu'elle a passée à ne pas me regarder quand elle a appris pour le bébé. Et je suis sûre que ce n'est pas son record. Je me suis concentrée sur l'enfant qui tétait dans mes bras. Ses boucles blondes, son odeur de talc et de lait, la chaleur humide qu'il laisse au creux de mon coude, ses cils mi-clos sur cet abandon appliqué à ne pas en perdre une goutte. Pourquoi suis-je incapable de faire le lien entre ce paquet de tendresse et le haricot qui me pousse dans le ventre ? Parce que les bébés, ça me connaît. Combien en ai-je bercé ainsi, sœur par naissance, mère par procuration ? J'ai bientôt dix-sept ans et six frères et sœurs, tous plus jeunes. Je n'étais guère haute quand j'ai compris que le ventre arrondi de maman allait signifier un nouveau bébé qu'il allait falloir prendre en charge. Hélène ma presque jumelle, Bernadette la suivante n'ont pas chômé non plus. Lorsqu'aux trois filles ont succédé les deux garçons, il a fallu tenir le rang des sœurs aînées. Tout était dévolu aux petits princes sans que quiconque n'y trouve à redire. J'avais sept ans et c'est de cette époque que je commence à dater les claques sèches et rapides, les mots durs lancés comme des ordres. Sans doute parce que j'ai rangé cette mémoire avec mes premières émotions, mes premières rancœurs, mes premières révoltes.

À chaque nouveau bébé, les nuits bruyantes, les levers dans cette maison transie. La pellicule d'eau glacée qu'il fallait briser, les matins d'hiver, comme on brise un miroir. Sept ans de malheur à chaque toilette, ça en fait des promesses de douleur. Le mot d'ordre absolu, devant lequel chacun s'incline : les « petits ». Les petits à lever, à habiller, à nourrir, à consoler dès le réveil chagrin. Les petits à emmitoufler avant de braver le froid pour les emmener chez la voisine. Les petits qu'il fallait chasser des jupes de maman dont la priorité était la grand-mère invalide. Handicapée des jambes mais pas de la langue… Plus raide qu'une trique, plus rapace qu'un vautour. Le chignon gris serré sur la nuque, les jambes immobiles sous la couverture usée mais l'œil à tout, au moindre détail susceptible d'attiser sa hargne. Elle a bien gagné, juge maman, le droit de se reposer. Elle semble surtout avoir gagné celui de faire payer aux autres la vie de misère qui fut la sienne. À chacun son tour, dit son regard de glace.

Mon tour, je le passe. Cet enfant qui grandit dans mon ventre, je n'en veux pas. Bien sûr, pendant un temps, j'ai cru que je pouvais me glisser à travers les mailles du filet, j'ai caressé l'espoir que lui et moi c'était possible, c'était souhaitable. La tendresse d'Ugo m'a bercée. Un temps. Dans cette langue qu'il invente chaque jour, ce français adouci d'italien, ces mots qu'il mélange, qu'il chantonne. Il m'a presque convaincue qu'on pouvait échapper à la malédiction. Ce petit, il allait le reconnaître, l'accepter, l'aimer. Il était le mien, il allait devenir le nôtre. Il m'a donné la force d'affronter les cris de maman, les coups de papa, la haine de grand-mère. Il m'a donné le courage de les braver.

Et puis il est reparti en Italie : des papiers d'état civil à aller chercher pour le mariage, une vieille mère à prévenir. Je reviendrai vite, a-t-il promis. De toute façon j'écrirai. Je t'écrirai en italien, tu ne comprendras pas mais j'écrirai quand même. Pour te dire que je ne suis pas loin et que je reviens. *Ti amo*, tu comprendras, *ti amo* ?

Mais il n'a pas écrit. Cela a fait six semaines hier.

Pasteur

C'est pas Dieu possible !

Six semaines, qu'elle souffre. Tout en est chamboulé. Elle change d'odeur, m'aime-t-elle encore ?

Elle me revenait dans les effluves de l'autre, languissante, molle, mais vivante, sans un geste pour moi.

Parfois, tard le soir, ses mains se perdent sur mon corps mais ses pensées d'en haut retournent vers l'absent. Alors, ma tendre, ma douce, mon infidèle tourne et retourne. Avant, elle finissait toujours par glisser hors les murs dans la nuit pour rejoindre encore et encore le mâle aux fragrances de forêt et aux senteurs aigres de sexe érigé. Et moi j'en crevais, pire que le manque d'eau, le manque de pitance, le manque d'elle c'est la mort, c'est le vide.

Aujourd'hui présente, elle est plus qu'absente. Elle est ailleurs, loin de moi et les caresses de ses mains qui s'égarent sont des erreurs. Par ses doigts sur mon poil, je le sais, je le sens, c'est l'autre qu'elle touche. J'aimerais la mordre pour qu'elle me revienne, mais je la lèche parce que je ne suis qu'un chien. Qu'importe, pourvu qu'elle m'effleure en se trompant encore en m'appelant *amore*. Quel drôle de nom, quelle drôle de musique !

Moi, je suis son vieux Pasteur, celui qui par amour faisait silence à ses départs. Celui qui par connerie sanglote ses absences. Celui qui par lâcheté tait ses retours. Je suis le Pasteur de Claire, Mélisse est pour sa vieille maîtresse mais pour sa mère, Erminie, il n'y a personne, elle se bat seule pour ses enfants, contre le destin.

Dès sa première fugue, elle a été prise. Je l'ai flairée. Elle m'a fermé sèchement la gueule pour que je ne hurle pas mon désespoir. Pauvre idiote, je t'aurais léchée à te le faire oublier l'autre, à te désodoriser le corps et l'âme. Mais qui je suis moi pour t'espérer comme ça ? Je la revois ce premier matin de tromperie, différente mais semblable, pâle et heureuse, s'échinant pour la meute de ses petits frères et sœurs.

Comme elle est loin du troupeau, de la famille, de la maison. En ces lieux, elle travaille pour s'abrutir, pour oublier le manque et moi je le hais l'autre, à mort, *amore*.

Erminie

Bien sûr, elle a claqué la porte. Pour me narguer, me briser les nerfs, voir si j'allais crier, une fois de plus. Je n'ai pas crié. Ce matin-là, je n'ai rien dit. J'étais au-delà des cris. J'avais passé la nuit debout avec le bébé qui n'arrêtait pas de pleurer, j'avais habillé tous les petits pour l'école dans un piaillement qui ne cessait de rebondir entre nos murs étroits. Louis était parti travailler à l'aube et maman, dans son fauteuil, ronchonnait déjà. Il était 8 heures du matin et j'étais déjà au-delà de la fatigue, au-delà de l'usure. J'aurais voulu tout arrêter et me recoucher, ne plus bouger. Mais voilà. Combien d'années que je n'avais pas su ce qu'était s'allonger pour ne rien faire ? L'ai-je jamais su ?

Pourtant je n'ai pas toujours été cette mère de famille nombreuse, cette bête de somme qui ne semble bonne qu'à houspiller les uns et râler contre les autres.

Moi aussi, comme Nicole dont je tirais, ce matin, les cheveux en deux couettes rapides, j'avais été une enfant blonde et rose. Moi aussi, comme Hélène, j'étais partie le matin de bonne heure pour retrouver mes amies aux portes de l'usine. Moi aussi, comme Claire, je m'étais roulée un peu trop tôt et en trop bonne compagnie dans l'herbe printanière. Mais toutes ces années semblent effacées de ma mémoire. La petite fille aux boucles, la jeune fille amoureuse ont laissé la place à cette femme déjà vieille, déjà épuisée, sans douceur et sans miséricorde. J'ai quarante ans et le poids du monde sur mes épaules. Et la certitude que rien ne viendra jamais plus remettre cette charge en question.

Ce matin-là, Claire est partie en claquant la porte. Et je n'ai rien dit. J'aurais pu deviner ? Mon cœur de mère aurait pu s'alarmer ? Voilà longtemps que mon cœur de mère, bardé d'amertume, ne sait plus rien ressentir. Je suis devenue une mère stérile. Seul mon ventre continue, régulièrement, à faire de moi une génitrice. J'avais dix-huit ans quand il s'est empli une première fois, me précipitant à l'autel au bras d'un Louis qui n'avait pas eu le temps de comprendre ce qui lui arrivait. Depuis, il y eut sept fois cette absence de règles qui porte au cœur, ces premières nausées qui ne vous dispensent pas de vous tenir derrière le métier à passementerie, pendant neuf heures. Oh, je n'ai pas maudit Louis et le ciel à chaque fois. Si mon premier bébé, l'enfant du péché, est mort à la naissance, j'ai accueilli le suivant, Claire, avec émerveillement. Je ne me serais pas lassée de la contempler, de m'extasier. Pour que cet émerveillement survive, il n'aurait pas fallu qu'Hélène, Bernadette, François, Jacques, Nicole et Pascal se succèdent dans les quinze années qui ont suivi. En tétant mon lait, ils ont asséché tout cet amour, toute cette disponibilité. On ne nous apprend pas à faire face à cette lente désertification. Je n'ai jamais su dire à mes enfants que je n'avais pas assez de place dans ma vie pour les aimer. Je n'ai jamais su leur dire que j'avais pris l'habitude de ne pas me soucier d'un cœur plus sec qu'un vieux puits.

Lorsque Claire m'a annoncé qu'elle était enceinte, j'ai compris que la malédiction continuait. Que mon bébé de miel et de lait, ma première-née, mon seul émerveillement de mère allait s'engager, elle aussi, dans ce processus d'assèchement. Et que j'en étais en partie responsable. C'est moi qui l'ai poussée dehors en rendant cette maison invivable pour elle. C'est moi qui l'ai jetée dans des bras plus accueillants que les miens. Comme si je ne savais pas ce qu'engendre le manque de tendresse.

En mon temps, j'ai fait pareil et depuis je l'expie chaque jour. J'ai nargué ma mère, couru chercher au dehors les mots qu'elle ne me disait pas, les gestes qu'elle n'avait jamais eus, fuir. Aujourd'hui, je le paye chaque matin et chaque soir lorsque j'accomplis mon devoir de fille. Lorsque je lave ce corps décharné et plus sec encore que son cœur. Elle est devenue la priorité de ma vie parce que le devoir filial l'emporte sur le devoir conjugal et maternel. C'est ce que dit le curé qui écoute mes plaintes derrière le vieux velours des rideaux du confessionnal. C'est ce que disent mes amies qui vivent la même chose et qui trouvent une intense consolation dans notre sort commun. C'est ce que dit Louis qui fuit cette maison, parti à l'aube pour le travail, absent le reste du temps, même quand il est là. Silencieux, taciturne, lointain.

L'homme que j'ai aimé est enterré vivant sous la charge. Comme mon père, ouvrier terrassier, enseveli dans la tranchée qu'il creusait à proximité de la voie de chemin de fer. Un remblai trop faible, un train de minerai trop lourd, le sol qui tremble. Et la mort prend l'odeur de cette terre fraîchement remuée, avant même celle du cimetière. J'avais trois ans, trois sœurs et quatre frères. Du charnier de 14-18 qui allait suivre, deux d'entre eux sont revenus. Et encore, pas entiers. Les deux autres, soldats de Lorraine, sont morts sous l'uniforme allemand mais leurs noms sont gravés sur le monument aux « Morts pour la France », ce pays dont ils chérissaient la légende mais dont ils ne parlaient plus la langue.

Maman prétend que Dieu ne nous envoie pas plus de souffrances qu'on ne peut en supporter. Mais comment juge-t-il de ce qu'on peut endurer ?

Mélisse

Quelle carne, cette Claire, elle a encore claqué la porte... Encore un coup au cœur de sa mère et tout ça pour un coït. Quelle pourriture, ces mâles... Qu'il y en ait un, juste un seul, la bave aux lèvres, le rut au rein, qui passe et je le saigne ! Et ce lèche-cul de Pasteur à la langue pendante, je vais le bouffer cet abruti !

Et tous ces marmots en cette maison, quelle chienlit ! Elle a raison la grand-mère, la vieille maîtresse, qu'ils s'écartent, qu'ils s'éloignent de son fauteuil... Elle m'a réveillée, la traînée, en brutalisant la porte avec, sur ses talons, ce traître de Pasteur, la queue basse. Elle puait encore ses chaleurs, pour sûr, un mâle l'a couverte. Comment comprendre ces humains ? La vieille maîtresse a raison de leur tendre le poing. Moi, je lui ai montré les dents à la jouisseuse, mais... elle est pleine... La pauvre, l'inconsciente.

Je le sens, je l'ai su bien avant ce corniaud de Pasteur. Que voulez-vous, le féminin est faible dans cet état. Tout ça n'augure que bien du malheur.

Il y a longtemps, très longtemps quand j'étais jeune, au temps où la grand-mère ma maîtresse était debout, moi aussi j'ai été pleine. Je ne l'ai pas compris tout de suite. Il m'a même fallu beaucoup de temps pour savoir comment cela m'était arrivé. Comment faire le rapport entre ce grand frisé violent qui m'avait reniflée et qui s'était agité au bas de mon dos, et mon ventre devenu cloque ? Une vague douleur, un soupçon de frisson, à peine le temps de sentir et c'était fini. Où est le lien, comment comprendre ?

Ce ventre qui a gonflé était à peine le mien, sa tardive enflure m'indifférait. Par contre, les cris d'Erminie et les coups cette nuit d'orage où j'ai mis bas, plus que la douleur, m'ont terrifiée. Les maîtres ont bien failli me tuer. Quand le déluge de gnons s'est éloigné, j'ai reniflé hébétée, quatre, non... cinq boules de poils aux senteurs mixtes, d'eux et de moi. Maître Louis et son grand sac sont passés, ils me les ont volés.

J'ai longtemps hurlé. Maîtresse m'a recogné au sang pour que je taise le rapt et pour que j'accepte l'enlèvement. Quand j'ai pu enfin m'échapper dans le fond du jardin, près du vieux poirier, mélangé à l'odeur de la terre j'ai senti des effluves souterrains d'agonie. J'ai creusé, j'ai creusé, j'ai creusé encore jusqu'à buter sur quatre charognes et j'ai sorti du trou une boule de poils, mal en point : Pasteur. Il était vivant. Je l'ai léché et ramené à la maison. Ils m'ont battue encore et encore mais Pasteur vivait et je mordais qui approchait mon petit. Avec mes crocs et avec le temps ils ont cédé, ils se sont habitués. Non mais, regardez-le mon bâtard, crotté, puant, collé à la vulve de l'autre catin. On ne croirait jamais que ce geignard est sorti de mon honnête ventre.

Les humains ne savent pas... Ils ne savent pas qu'on capte leurs rêves. Ils ne savent pas qu'on rêve d'eux. Ils ne savent pas que de nos quatre pattes, du sol on les voit et par leur haut on les sent. Leurs pensées ont des odeurs et leurs émotions des puanteurs. N'importe lequel d'entre nous vous le dira. Erminie, la fille de la vieille maîtresse, la mère de Claire, malgré les coups, elle, je la supporte. Elle a payé le poids de la malédiction des femelles. Son ventre a gonflé et elle a mis bas plus d'une fois. Elle les aime et les protège ses petits, je sens par ses pensées qu'elle tuerait pour eux. Quand ils ont enterré les miens, mes boules de poils, elle m'a finalement laissé ce bâtard de Pasteur parce qu'elle s'est rappelé à la longue qu'une femelle, même chienne, qui a mis bas, n'est qu'une mère comme elle.

Elle est comme la vieille maîtresse clouée au fauteuil, il y a plein de horlas autour d'elle, mais je monte la garde. Ils bougent tout emmêlés dehors quand tout dort. Même l'ombre de son père cherche à revenir en sa maison, tout étonnée d'être passée. L'enterré, la gueule en sang, retourne chercher la porte de ce qui fut son foyer. Je le chasse, il vient et revient. Oui, ils reviennent tous, les morts, et moi je défends la maison des vivants, la maison de ma vieille maîtresse, c'est mon rôle, ma mission sacrée.

Claire

Quinze septembre et il fait déjà froid. Je serre contre moi les pans de mon gilet gris comme cet été qui finit. Je n'ai pas pris de gamelle pour déjeuner et maman n'a rien remarqué. Tu parles ! Pourquoi en suis-je encore à m'étonner qu'elle ne remarque rien de ce qui me concerne ? Pourquoi en être encore et toujours à guetter d'infimes gestes d'amour qui ne viennent pas ? Tout en marchant vers l'usine, je repasse dans ma tête le programme de la journée. Marcelle, la contremaîtresse est prévenue : je dois m'absenter cet après-midi et je récupérerai samedi mes heures perdues. Morizot, de son côté, a également averti qu'il avait besoin de la voiture de l'entreprise pour une course rapide entre midi et deux. Ça n'a pas posé de problème : c'est un employé modèle auquel le patron voue une confiance absolue. Les méchantes langues murmurent que cette confiance puiserait ses racines dans un chantage implicite, quelques mauvais souvenirs liés à l'Occupation, quelque marché noir sordide. Bien mal acquis profite toujours : le patron ferme les yeux sur les mains baladeuses, les culbutes rapides dans la remise, les filles qui pleurent.

En ce qui me concerne, je n'ai jamais eu de problème particulier avec Morizot. À l'abri de ses regards lubriques dans le bureau vitré, j'ai longtemps béni le sort et ce certificat d'études fort bien réussi qui m'a éloignée des métiers à passementerie, de la trame infinie qui ne cesse de se dérouler, de la lourde navette qu'il faut passer et repasser dans les couleurs d'or et de pourpre afin que les bourgeois puissent pendre des galons de soie à l'embrasse de leurs rideaux. Morizot, je n'ai eu à le subir qu'hier soir. C'était le prix à payer.

— D'accord, ma jolie. Ce mouflet, je t'en débarrasse, a-t-il chuchoté dans le recoin de l'entrepôt où j'avais fini par lui exposer mon souci. Mais tu connais le tarif. C'est vingt francs ou paiement en nature.

Comme je suis une fille très nature, j'ai préféré payer comptant. Et puis le sexe sans amour, ce n'est jamais qu'une histoire de dix minutes d'inattention. C'est juste un peu long dix minutes lorsqu'on se concentre pour ne penser à rien. Surtout pas au corps de ce lourdaud qui jouit très vite; surtout pas au bébé que j'ai décidé de tuer; surtout pas à Ugo et à son regard de chien aimant; surtout pas à maman. Ensuite, je me suis rhabillée vite fait.

— Mercredi, entre midi et deux. Je prendrai la bagnole du patron et je réserverai une chambre à l'hôtel de la Gare de Jarville. Je te préviens, tu vas déguster mais tu n'as pas intérêt à gueuler. Et tu te débrouilles pour rentrer chez toi en train. On ne doit pas nous voir revenir ensemble.

Puis dans un sourire à vomir :

— Et pour décharger un coup, c'est quand tu veux qu'on remet ça.

La décharge, c'est moi.

Pasteur

Mélisse la veille bestiasse m'a mordu pour que je me taise. J'ai fui et j'ai braillé à la mort. Il fallait que ça sorte. Alors j'ai hurlé encore et encore. Les horlas écrasaient ma poitrine, le cri m'a libéré. Depuis cette pleine lune, de nuit, ils essayent massivement de rentrer et Mélisse monte la garde. J'ai vu leurs yeux étonnés, leur visage fracassé, c'était ceux de la maison et bien d'autres déterrés. Alors j'ai appelé, fort et loin, j'ai hurlé au loup, à la horde, à la mort. Du vallon, de l'usine, de la gare de Jarville, ils m'ont répondu, d'autres ont chanté. Nous aussi, on est assailli, nous aussi, on souffre mais on se bat. Frères chiens, reformons le chant de l'antique clan du loup blanc !

Ils ne savent pas les humains. Ils ne peuvent pas savoir que tous ceux qui ont été couchés dans la terre, que tous ceux qui ont vécu et disparu essaient toujours de revenir dans la maison, d'entrer dans le corps de Claire, de refaire vie.

Mère Erminie s'est approchée, j'ai tressailli et bloqué mon cri. Cette fois, elle ne m'a pas battu. Elle a posé ses mains sur ma fourrure, comme Claire dans ses douceurs, comme Claire dans ses absences. C'étaient les mêmes doigts d'amour, ceux qui caressent. Peut-être qu'on a tous fusionné. L'inconsciente femme et mère en elle ressentait les émotions de sa petite prête à être envahie, investie par une âme en déshérence. À cet instant, la Erminie sentait la mort, elle reniflait la vie et elle puait la lessive. Jamais la mère de Claire n'avait posé sa main sur moi aussi tendrement.

Pourquoi on n'a pas des mains, nous ? C'est bien les doigts, c'est doux, ça s'écarte, ça donne le frisson. Je n'avais jamais senti que les mains d'Erminie pouvaient être chargées d'amour. Claire m'avait chuchoté à l'oreille qu'elle espérait des mains tendres, celles de sa mère. Quelle affaire, chez les humains, pour une petite femelle couverte. Quel tohu-bohu pour un haricot qui germe et pour tous ces horlas qui veulent revenir. J'ai plus le cœur à hurler, je l'ai à geindre. Je suis rentré dans la maison, collé au mollet de maman Erminie et la marmaille est arrivée. Alors je suis retourné sous ma table, loin des lutins excités, à distance respectable des crocs de Mélisse, loin de la canne de la vieille.

Claire, Claire ma belle, qu'as-tu fait ? Que fais-tu ?

Morizot

Lorsque sa copine Thérèse m'a dit que la petite Claire voulait me parler en privé, j'ai commencé par me demander ce qu'elle voulait. Comme secrétaire, je ne la voyais jamais à l'atelier mais je connais bien toutes les filles du bureau. Petite, un peu lourde, pataude comme un jeune chien. Mais ravissante avec ce visage boudeur et ces yeux constamment prêts à vous foudroyer sur place. J'en ai connu des dizaines comme elles qui m'arrivaient à l'usine. Encore des mômes, encombrées de ce corps de femme qui leur pousse avec les seins, avides de tester leur pouvoir et empêtrées dans leur peur de l'exercer. J'en ai culbuté un certain nombre pour leur ôter cette peur de l'homme et les rassurer sur le peu de cas qu'il faut faire des choses du sexe. Mais celle-là, je ne l'avais jamais approchée.

J'ai vite compris. Un polichinelle encombrait son

avenir et on lui avait dit que je savais remédier à ces accidents de passage. Oh, je ne m'en vante pas dans les cafés ! Mais, dans un village comme le nôtre, les femmes en difficulté savent se refiler les bonnes adresses. Et l'avantage, c'est que je peux compter sur la discrétion de mes clientes. Femmes mariées dont les époux n'en sauront jamais rien, ou qui ferment les yeux, et oiselles sans expériences envoyées par leur mère ou par leur meilleure amie, aucune ne se vantera jamais de mes services.

C'est avec ma femme que tout a commencé. Un peu avant la guerre. Nous étions mariés depuis cinq ans et nous avions déjà trois enfants et pas un sou. C'est moi qui n'ai pas voulu de l'enfant et c'est moi qui ai trouvé la faiseuse d'anges. Seulement, j'ai accompagné Madeleine. Et je me suis rendu compte que ce n'était guère sorcier. Il suffit de faire attention et d'entrer très délicatement l'aiguille à tricoter. « Elle doit rester très droite, m'a expliqué la vieille, sinon, on risque de percer autre chose que le placenta. » Après, c'est simple : le sang, l'expulsion quelques heures plus tard. S'il y a un problème, la femme peut toujours se rendre à l'hôpital et prétexter une fausse couche. Les toubibs ne sont pas dupes mais personne ne dit rien.

J'avoue que je n'étais pas fier la première fois. Et puis tout s'est bien passé. Même pas besoin de curetage. Le lendemain, la voisine à qui j'avais rendu service était dans sa boulangerie. Pas très vaillante, un peu trop pâle mais soulagée. Depuis, j'ai perfectionné ma technique. Il m'a fallu longtemps pour trouver la bonne aiguille : ni trop souple pour mieux la guider ; ni trop dure pour ne rien perforer. J'exerce mes talents cachés cinq ou six fois par an. Je fais gaffe : je ne tiens pas spécialement à finir mes jours en taule. Il y a deux ans, en 46, ils n'ont pas hésité à guillotiner une avorteuse. Très peu pour moi : il s'agit seulement de mettre du beurre dans les épinards et de rendre service par la même occasion. Et puis ce ne sont pas mes clientes qui viendraient se plaindre. Ni leur mari d'ailleurs, ces messieurs qui parfois me regardent de haut quand ils me croisent. Parce qu'y'en a de la haute aussi, faut pas croire. L'avantage c'est qu'en ce qui concerne ma femme, je suis également tranquille. Non pas que je prenne beaucoup de risques : ce qui se passe au lit, ce n'est pas trop son truc. Alors comme j'ai des compensations ailleurs, je lui fiche la paix et tout le monde est content. Ça n'est pas bon qu'un couple se dispute sur ces choses-là et moi, ma femme, je l'aime. Mes petites histoires avec les gamines de la fabrique, ça ne change rien. Au contraire.

Avec la Claire ça a été du gâteau, presque trop facile. Pas du genre à jouer sa mijaurée et à pleurnicher. Elle a baissé sa jupe, écarté les jambes et hop ! On voyait bien que ce n'était pas la première fois qu'elle voyait le loup. Il avait déjà dû se payer du bon temps son fiancé, l'Octave de la Poste. Moi, j'aime bien sentir quand elles ont peur. Ou qu'elles ont honte. Elle, elle a fait comme si je n'étais même pas là. Elle s'est rhabillée et m'a dit : « Mercredi ? ». Je me suis demandé ce qu'elle dirait si, après coup, je lui disais que tout compte fait… mais je me suis méfié de son air décidé. Tout le monde a beau être vaguement au courant des services que je rends aux dames, il ne faudrait pas que ça s'ébruite trop. À ce jeu-là, les femmes et moi on se tient par la barbichette. Elles ont intérêt à me garder sous la main mais il vaut mieux que je n'exagère pas. De toute façon, la Claire, partie comme elle est, elle risque bien d'avoir de nouveau besoin de moi. Et maintenant, elle connaît le tarif.

Butor

C'est un sacré malin, c'est une sacrée gâchette le patron Morizot. On nous respecte, on nous craint. J'aime ces petits matins où on est tous les deux à courir les bois. On est fort, on est les maîtres. Ça m'excite de renifler pour lui l'odeur du sang qui palpite. J'adore détecter la peur qui fuit, alors je cours après celui qui tremble. Je rabats, je lève, je traque et, quand il a tiré, j'achève, j'égorge. Quelle ivresse le goût du sang ! Je les boufferais bien tout cru, mais il m'a appris tôt et à la schlague qu'il est mon maître et qu'il faut que je rapporte. Alors je rapporte. J'ai droit à une tape sur le crâne, à un frottage d'oreille et on repart au carnage. Le patron Morizot il est dur, mais il est juste. Je n'accepte à manger que de sa main. Si vous saviez ce que je peux sentir dans les mains de Morizot ! Je sens la puissance. Je sens l'odeur mêlée de toutes ces femelles qu'il culbute. Quand il les frotte l'une contre l'autre, je sens le jus qui coule entre les cuisses des femmes. On sent les jours de travail, on sent le cuir, on sent la poudre, on sent l'homme. Les chiens peuvent toujours hurler avec leurs conneries de fantômes. Bien sûr, moi aussi je les renifle, mais ils sont moins puissants que les Morizot, les maîtres vivants. L'instinct, le flair, c'est bon… c'est bon pour traquer ce qui palpite, c'est bon pour bouffer, pour baiser, c'est bon pour protéger sa limite, faire son travail. Personne ne passe, ni vivant, ni mort. Ce soir quand il est rentré le patron, il avait sur son sexe l'odeur d'une nouvelle proie. Quelle gâchette, quelle gâchette, mon maître !

Claire

Le sexe gouverne ma vie. D'ailleurs, ma folle de grand-mère ne cesse de le répéter : je ne suis qu'une putain. Est-ce ma faute à moi si le sexe est la seule monnaie d'échange contre quelques moments de tendresse, contre l'ombre d'une attention ? La leçon est venue très tôt. Dès l'âge de cinq ou six, j'allais toute seule chercher le lait, tous les soirs, à la ferme d'à côté. Raymond, le mari de la grosse Marie-Jeanne, me prenait par la main et me faisait traverser avec lui la grande cour aux lourdes odeurs de bouse. L'hiver, dans le noir, il me guidait, il s'inquiétait.

— Tu n'as pas peur ?

Je craignais juste le gros chien attaché à sa niche qui se jetait sur tous ceux qui passaient à sa portée avant que sa chaîne, tendue par son élan, n'étrangle son aboiement de rage. Puis nous entrions dans l'étable, chaude, oppressante. J'adorais faire le tour des vaches avec Raymond. Elles portaient toutes des noms de femme. Elles avaient de larges taches noires et un regard d'une immense douceur. Pendant que Raymond, assis à leur pis, tirait le lait, je caressais le poil dru de Rosalie ou de Marguerite. C'était chaud, c'était doux, surtout là, à la naissance du ventre. Un jour, Raymond m'a expliqué qu'il était comme ses vaches. Il m'a montré que si je tirais sur son « gros bâton », il en sortait du lait. C'était plutôt amusant. Quand j'ai dit à maman que le Raymond faisait du lait comme ses vaches, elle m'a regardée d'un drôle d'œil. Je ne sais pas ce qu'elle a dit à la fermière mais, à dater de ce jour, j'ai toujours attendu le litre de lait dans l'arrière-cuisine surchauffée de la grosse Marie-Jeanne. Bien sûr, le Raymond était un vieux saligaud. Mais il ne m'a jamais fait de mal. Pas comme ma copine Thérèse que son père violait régulièrement avant qu'elle ne soit trop vieille et qu'il passe à ses petites sœurs. Avec son regard perdu d'enfant malheureux derrière ses gros sourcils, Raymond était somme toute aussi malheureux que son vieux chien. Sauf que lui, il avait compris la leçon de la chaîne.

Il ne m'a pas fallu longtemps pour savoir que le Raymond n'était pas un cas isolé. Tant que j'ai été à l'école, je n'y ai guère pensé. Mais certificat d'études en poche, maman m'a placée à la fabrique. Avant qu'on me mette dans les bureaux parce que je comptais vite et que j'avais une bonne orthographe, j'ai passé quelque temps à l'usine. Et là, les filles m'en ont plus appris que n'importe quel homme. En les écoutant parler entre elles, j'ai mesuré à quel point le sexe était leur arme de prédilection. Non pas pour séduire : Dieu sait si entre les hommes qu'elles épousaient et la menace de marmot chaque fois qu'elles écartaient les jambes, ce n'était ni de désir, ni de plaisir qu'il s'agissait. Mais pour exister. Le sexe était une arme de vengeance, de domination, de chantage. Le mari qui les forçait consciencieusement, sous les draps, sans avoir jamais aperçu de nu qu'une épaule, ne mesurait sans doute pas ce qui se jouait dans cet acte furtif. Mais, elle, elle saurait bien le jour venu le lui rappeler. « Sinon ce sera ceinture », gloussaient-elles en chœur. Puisque les hommes sont tellement attachés à ce frottis de muqueuses, il faut bien qu'il y ait une compensation. Aujourd'hui encore je me demande à quelle compensation elles faisaient allusion ? À quel pouvoir, pour quelle domination ? Une étagère à monter dans une cuisine ? Une partie de cartes avec les copains abrégée ? Qu'est-ce qui valait donc tellement la peine d'entretenir la haine ?

Ceinture

Hier, de la maison d'à-côté, il a hurlé aux horlas ce corniaud de Pasteur. Moi aussi ça m'a appuyé, ça m'a écrasé fort sur le torse, mais c'est rien à côté du poids de la chaîne. Il y en a partout des ennemis : les morts, les vivants, les chiens, les hommes, alors pourquoi hurler ?

J'ai cette marque indélébile sur mon cou, ce trait à vif qui me rend fou sauvage.

Le Raymond, depuis toujours, il m'a montré : là… c'est la limite. Il ne me garde vivant que pour protéger les vaches et garder sa maison.

– Tout ce qui passe ici est ennemi alors attaque, t'as compris, charogne ?

Alors à jamais, à toujours, j'ai attaqué, attaqué… Il y a longtemps, un jour qu'il puait le sang rouge de la vigne, il m'a battu avec sa bêche, comme ça, pour rien. J'ai senti le sang dans ma gorge, mes lèvres se sont retroussées et je l'ai chopé le Raymond.

Depuis j'ai la chaîne nuit et jour. Je suis redevenu un fauve solitaire. Je sens tout ce sang battre quand les vaches passent. Je déchirerais bien leurs chairs, je téterais volontiers la vie à leur cou, la vie rouge du sang. Mais il y a la chaîne et il y a Raymond.

Je les méprise, les revenants. J'ai peur de rien, sauf de la bêche, mais un jour je finirai de le saigner le Raymond et dans la foulée je boufferai la grosse Marie-Jeanne dans sa cuisine. Ça doit être bon le gras, le tendre de femme. Cette gamine, la Claire qui venait avec ses petites jambes roses, je l'aurais bien boulottée comme tous les autres. Tu peux hurler, tu peux pleurer, Pasteur, le sang appelle le sexe, tout ça c'est de la vie qui coule.

Ta Claire, elle a été prise par un humain, on va pas en chier un os. Mon sexe, moi, je ne peux le frotter que contre la terre, contre les pierres, il y a la chaîne. Alors je rêve de ce jour, avant la bêche de Raymond, où je suis sorti de la limite. Celui où j'ai pris la Mélisse entre mes crocs par le cou. Je voulais la saigner, mais mon bassin a bougé, c'était bon, c'était fort, ma verge c'était un dard, je l'ai pourfendue, défoncée. Fils, tu peux brailler autant que tu veux, c'est le destin.

Maintenant il n'y a plus que la chaîne, et je n'ai que les pierres pour consolation. Je hais les hommes, je hais les bêtes, je hais les zombis. Je te hais, petit, je ne connais que ça la haine. Un jour, je tirerai tellement fort sur ma chaîne que c'est elle qui me mordra, déchirera ma fourrure et fera couler pour une dernière fois le lait rouge de la vie.

Erminie

Je n'aurais jamais dû forcer Claire à se faire embaucher à la fabrique. Mais quel choix avait-elle ? Je sais que c'est là-bas qu'elle a appris la rébellion, je le sais parce que j'y travaille moi-même depuis l'âge de douze ans. Ces ouvrières qui jacassent toute la journée lui ont mis des choses dans la tête. La grande Edmée, tiens. À vingt-deux ans, elle n'était toujours pas mariée et avec ça, belle comme un cœur. Même si elle faisait un peu fille : un peu trop de rouge, le cheveu un peu trop cranté, la veste un peu trop cintrée. Le week-end, elle courait les fêtes foraines et le lundi elle portait un nouveau chapeau, un collier de verre, un foulard. C'était son amoureux du week-end qui lui avait offert, racontait-elle en se délectant. On la voyait monter dans des voitures, conduites par des drôles de types. Ils l'emmenaient à Metz ou en Allemagne. Certains étaient mariés, tous avaient mauvais genre. Et

Claire s'extasiait devant les voitures, les types et les colifichets. Moi, je pensais qu'un jour la grande Edmée se marierait avec un de ses michetons et finirait comme nous, avec un enfant par an et pas le temps de mettre ses beaux rubans. Ce jour-là, j'aurais pris ma revanche sur ses airs délurés.

Un lundi, Edmée est rentrée de fête avec l'air sérieusement accroché. Elle avait rencontré quelqu'un. Un homme bien, ni marié, ni voyou, ni violent. Depuis, ils sont partis à Metz. Chaque année, elle nous envoie une carte, à nous ses copines de fabrique. Elle est devenue caissière dans un cinéma. Tiens, voilà encore un truc qui fait s'écarquiller les yeux de ma fille. Je ne sais pas ce que la vie lui a réservé à Edmée mais je me souviens de l'air éberlué de Claire devant cette grande bringue. Sûr qu'elle doit penser qu'Edmée est heureuse.

Avec quels mots pouvais-je dire à ma fille que tout cela ne dure pas ? Que l'amour c'est bon quand on a vingt ans, que le cœur qui bat si vite ralentit lentement ? Qu'il y a comme une incompréhension définitive entre l'amour et la vie ? J'étais mariée depuis six mois quand un voisin est venu me chercher pour me dire que Louis, au cours d'une partie de cartes avec des copains, était tombé ivre mort. Je me revois encore, pleurant dans la nuit, faire trois kilomètres en poussant, dans ma brouette, mon mari inconscient avec mon gros ventre de femme enceinte. Ma mère m'a dit :

– Ma petite, si tu laisses passer ça, tu vas finir femme d'ivrogne.

Alors j'ai fait la gueule. Pendant trois semaines, je n'ai pas dit un mot, pas accordé un regard à ce mari encore amoureux et tellement malheureux de ce qu'il avait fait. Trois longues semaines où je ne l'ai pas laissé m'approcher. Depuis, il n'a jamais plus bu une goutte avec ses poivrots de copains. Des fois je me dis que ce soir-là, poussant ma brouette avec mon mari inconscient et mon gros ventre de femme enceinte, je pleurais déjà sur un amour agonisant. Mais jamais je ne l'ai dit à personne. Surtout pas à ma mère. Surtout pas au curé qui, au bout de trois semaines, m'a dit :

– Erminie, la punition a assez duré. Il est temps de pardonner et de remplir ton devoir conjugal.

Ce soir-là, j'ai laissé Louis me faire l'amour. Mais toute la gaieté, toute l'innocence que nous y mettions avant avait disparu. Elle n'est jamais revenue.

Pasteur

Hélène est venue me chercher sous la table. C'est la presque jumelle de Claire. Elle est douce comme elle, mais ce n'est pas ma maîtresse, l'amour ça ne se discute pas. On est allés faire un tour avec les petits. On a longé la clôture, on est passés au large des cris de Ceinture. On est allés au ruisseau barboter une dernière fois. Le froid commence à arriver. Les gosses m'ont jeté de l'eau. J'ai couru après les feuilles. J'ai senti deux lapins effrayés, j'ai ri de leur course. J'ai pris dans mes yeux les couleurs de la forêt, les rouilles, les ocres, les rouges. J'ai pris dans mes oreilles les rires, les chants des petits. J'ai reçu dans ma poitrine l'amour d'Hélène et celui de Claire mon absente. À cet instant, j'ai aimé ma vie, j'ai aimé la vie.

J'ai ramené les marmots. Hélène a tiré le grand baquet, a fait bouillir l'eau chaude, les a déshabillés.

La vapeur a fait des nuages. Il faisait bon, il faisait chaud, même la vieille maîtresse souriait. Louis, le père vivant, le mari d'Erminie, celui qui travaille tout le temps, est rentré avec son bon sourire. Voir les petits barboter, ça l'a tout ramolli. Il s'est assis sur son fauteuil, m'a tiré à lui et on a profité en vieux camarades de cet éclat de vie.

Erminie est descendue et tout de suite quelque chose a changé dans la pièce, Hélène a séché et rhabillé les marmousets. Elle a mis la table pour le souper et le père a fait nos gamelles. Le bonheur a fui, il manquait Claire.

Claire

J'aime à croire que mon père ne ressemble pas à tous ces types. Il faut dire que je ne le vois quasiment pas alors ça aide à entretenir les illusions. Le matin, il part à l'aube pour rejoindre le dépôt de Nancy où il est cheminot. Le soir, il rentre écrasé de fatigue ou de mal-vivre. Il s'affale dans son fauteuil près du poêle et il fume ses affreuses cigarettes jaunes. Il ne parle pas. Quand le temps s'y prête ou le week-end, il va sur le chantier de la nouvelle maison. Il coule le ciment dans les moules et fabrique, petit à petit, le futur château de la famille.

Quatre ans que ça dure. Quatre ans que nous, les aînées, nous sommes sollicitées pour aller l'aider à couler son maudit ciment. Les murs de cette fichue baraque n'en finissent pas de se monter, brique par brique. Il y aura quatre chambres: une pour les parents, une pour les filles, une pour les garçons, une pour le bébé et ceux qui suivront. Moi, quand je vois le chantier, je n'arrive même pas à imaginer ce que ça donnera. Je ne vois que la poussière, les gravats. Alors je me défile à la première occasion. Maman gueule et papa ne dit rien. Comme d'habitude.

Maman dit qu'il a appris ça chez les Müller. C'est la famille où il a été placé quand on l'a trouvé, bébé, abandonné. Il y avait déjà sept enfants de l'assistance en nourrice chez les Müller, tous des garçons, quand papa a rejoint ce qu'il faut appeler sa famille. Cela ne devait pas lui laisser beaucoup de place pour s'exprimer. Épouser Erminie et sa mère à la langue de fiel n'a pas dû arranger les choses. Il s'est enfermé dans sa gangue de silence. Et la seule chose qu'il ait trouvée pour la briser, c'est de cogner. Oh, ça n'arrive pas souvent. Mais les rares fois où il se met en colère et qu'il enlève sa ceinture des passants de son pantalon, on sait que ça va tomber dru. Comme si chaque colère n'était que la somme accumulée de milliers d'autres, enfouies, inexprimées.

Quand je lui ai dit, d'un air bravache, que j'étais enceinte d'Octave mais que j'allais épouser Ugo, il a levé la main et les coups sont tombés. J'ai cru que ma dernière heure était venue. Non pas à cause de la douleur mais parce que j'avais le sentiment très présent qu'il ne saurait pas arrêter. Qu'il était condamné à me frapper jusqu'à ce que lui-même en crève. Au début, maman était ravie de la tournure des événements. Puis elle a pris peur et a envoyé Nicole chez le voisin.

– Va chercher Jean, sinon il va la tuer.

Serrant furieusement sa poupée de chiffon contre elle, Nicole est partie en courant, avec toute la force de ses petites jambes de cinq ans. Et quand Jean est arrivé, il a ceinturé papa de tous ses muscles de terrassier. Depuis, papa parle encore moins qu'avant. Il ne me regarde plus, même lorsque je multiplie les provocations, en tricotant de la layette sous ses yeux, en cherchant des prénoms avec Hélène et Bernadette. On dirait qu'en éructant toute sa colère, il m'a également expulsée de sa vie.

Et moi je reste sans réponse à la seule vraie question à laquelle je tienne : pourquoi cette colère ? Après tout, qu'est-ce que ça faisait que je rompe mes fiançailles avec Octave puisqu'Ugo acceptait de m'épouser. Bien sûr, la nouvelle n'aurait pas tardé à courir le village et tout le monde se serait faussement offusqué. Le curé aurait grommelé, les fenêtres auraient cancané et dans six mois on n'en parlait plus. Vous croyez qu'elles se sont gênées quand je me suis fiancée avec Octave ?

Qu'elles ne se sont pas réjouies ? J'attaquais le long chemin des femmes malheureuses en ménage : tout rentrait dans l'ordre. Insolente, rebelle, fugueuse : il fallait bien que je paye. Au bout du compte, c'est ce pauvre Octave qui paye pour moi. Sa fiancée enceinte le quitte pour un maçon, italien de surcroît. Un métèque, un Rital, m'a-t-il craché à la figure.

Et puis, pire que les insultes, pire que les coups que j'attendais, sont venues ses larmes. Et là, je me suis vraiment sentie sale.

Mélisse

J'étais là quand elle est rentrée, Hélène, avec les petits. Pasteur tout joyeux gigotait de la queue. J'étais aussi là quand le père s'est assis, fatigué mais heureux du spectacle. J'ai pris dans l'œil un éclat de leur bonheur, ça m'a éborgné l'âme. J'ai reniflé par le haut la pensée d'Hélène. J'ai reniflé son chagrin de femme et ses larmes qui coulaient par l'intérieur. C'est tout ce bonheur lourd qui lui a porté au cœur. Elle sent l'absence, la douleur de ne pas être choisie. Elle n'a pas d'amoureux, c'est Claire qui dort avec. Elle pue l'odeur aigre, celle de la pauvre chose coincée entre deux fidélités, deux abandons.

Aujourd'hui Claire court, Hélène pleure. Sur cette terre noire de charbon, le bonheur de l'une se retranche à l'autre. La vieille femelle que je suis, connaît par cœur la chanson. Chiens et hommes nous ne faisons que passer entre présence et absence, entre ici-bas et là-haut. Par nos ventres, la douleur des filles ne fait que croître et se multiplier. De ces douleurs, le monde croît et s'accroît et chaque jour l'une de nous donne à la détresse de nouveaux otages. Même ma maîtresse, la vieille grand-mère qui sommeille au fauteuil, a été trompée par ce reflet de paradis peuplé de petits corps barbotants. Elle s'est fait rouler par des nuages de vapeur de tendresse dans la cuisine, au-dessus du baquet chaud. Mais la Erminie est arrivée et tout s'est évaporé.

La gamelle a un drôle de goût ce soir !

Octave

Quand je passe devant la masse sombre des terrils de Forbach, j'y vois l'amoncellement de tous ces crachats noirs que mon père et ses copains expectoraient difficilement, s'arrachant les côtes à chaque passage de ce poison qu'ils avaient remonté de la mine et qui les bouffait de l'intérieur. Tous les matins, les femmes lavaient à grandes eaux le charbon qui jonchait le sol du coron. Quand on me demande mon nom et que je réponds Kurski, c'est toute cette misère que je crache à mon tour. Fils de Polak, ici, ça veut dire fils de mineur et fils de mineur, ça veut toujours dire fils du malheur.

Quand je me suis fiancé avec Claire, c'est ça que j'ai lu dans les yeux d'Erminie. Sauf qu'elle n'a rien dit parce que de la mine, j'en étais sorti. Grâce à sa pension de veuve de silicosé et au travail de mes quatre sœurs aînées, ma mère a pu me payer des études.

Quand je suis devenu employé des Postes, la famille tout entière est montée d'un cran sur l'échelle sociale. Elles sont devenues la mère et les sœurs d'un monsieur qui lit des livres et qui sait écrire à l'administration quand la pension a du retard. Parfois, j'en pleurerais de cette admiration béate. De gratitude pour tant d'amour et de honte pour tant d'ignorance.

Lorsque j'ai rencontré Claire, c'est cette ambivalence que j'ai immédiatement reconnue. Cette haine, ce rejet du monde. Et cette avidité d'amour et de regards. Je l'ai croisée à la fête du village. Elle était venue avec ses deux sœurs, Bernadette et Hélène. Elles s'étaient disputées avant de venir et il y avait encore de la tension entre elles. Après notre premier après-midi ensemble, j'ai cru que j'avais tapé dans l'œil d'Hélène. La fois suivante, c'est pourtant Claire qui m'a vampé. Longtemps, je me suis dit que j'avais servi à un règlement de comptes entre frangines. Et puis j'ai cessé d'y penser : Claire menait le bal et j'y étais entraîné presque malgré moi. Elle n'avait pas froid aux yeux.

Je sais que j'ai été le premier homme à lui faire l'amour mais c'est elle qui en avait décidé ainsi. Elle n'avait trouvé que ça pour m'attacher, m'attacher pour mieux s'enfuir. Je représentais pour elle ce que les études avaient représenté pour moi. Quand elle m'a dit qu'elle était enceinte, j'ai compris qu'elle avait, volontairement ou pas, tracé notre route. Je n'en ai même pas éprouvé de colère. Juste de la résignation vaguement mêlée de tendresse. J'étais la roue de secours désignée et j'avais accepté mon rôle. C'est pourquoi je n'ai rien compris quand elle a rompu nos fiançailles. Et j'ai commencé à attendre qu'elle revienne.

Pasteur

Hélène, Bernadette, Claire, qu'est-ce qu'elles ont les filles ? Les petits sont couchés. Claire est rentrée tard, sans un geste, sans un regard pour moi. Il traînait encore sur un reflet de miroir, une étincelle du bonheur de fin d'après-midi. Un bonheur d'ailleurs. Un bonheur d'odeur, d'amour et d'herbe couchée. La vieille maîtresse a grogné, elle en avait après Claire, mais rien ne pouvait atteindre ma fugueuse ce soir. Elle était au-dessus, en dehors, loin du monde et de la famille. J'entendais par le haut de sa tête des mots sans suite, sale, Morizot, payer, *amore*, tourbillon, passion, j'ai léché sa main, elle m'a écarté.

D'habitude, les horlas viennent la nuit, quand les humains dorment. Ce soir, ils étaient à table avec eux. Mélisse a bien mal protégé la maison. Peut-être attirés par cette flammèche de bonheur accrochée au miroir, ils se sont infiltrés. Il y avait de nouvelles têtes, des pyjamas rayés, des gamins en uniformes allemands, américains, tous cherchaient un chemin, tous posaient la question : Peut-on rentrer ? Il y a encore une place ?

Le ventre de Claire hésitait, il les écartait et Claire se durcissait. Mélisse a grogné puis fini par aboyer, enfin ! Le père a essayé de la faire taire, mais elle avait mal aux côtes, elle sentait la pression des ombres affamées. Alors au loup, à la mort, à la vieille horde, elle a hurlé pour les dissiper.

Erminie a crié :

– Louis, fais sortir cette chienne !

Moi j'ai été me coucher sous le buffet, témoin impuissant de cette lutte. Mélisse a repris son long cri à la mort dans la cour. Il a vite été relayé par Ceinture et par tous les autres chiens du voisinage. Sous le buffet, je tremblais de peur et de douleur, il ne fallait pas que je hurle à mon tour. La vieille a marmonné :

– Qu'est-ce qu'ils ont, ce soir ?

Alors, on a entendu le père. C'est pas souvent qu'il parle, celui-là. Il disait à Erminie :

– J'aime pas entendre les chiens hurler comme ça. C'est comme il y a sept ans, la veille du coup de grisou. Les animaux sentent toujours la mort arriver avant.

L'ordre sec est parti de la bouche d'Erminie :

– Pas devant les enfants. Tais-toi. Parle pas du malheur, ça l'attire.

Claire avait la tête dans l'assiette et puait les mains de Morizot. Très vite la nuit est arrivée. Je suis sorti à mon tour écouter le silence après les hurlements. Les spectres avaient été exfiltrés de la maison par nos aboiements mais ils rôdaient toujours aux alentours, frustrés, patients.

Claire

Plus qu'une demi-heure. Depuis ce matin, je trime sur mes tabulations de machine à écrire sans arriver à me concentrer. Tout se bouscule. D'abord, j'ai peur d'avoir mal. Morizot m'a dit que je devrais me débrouiller pour rentrer toute seule : est-ce que je vais savoir prendre un train ? Et puis après, comment expliquer ? Il faudra prétendre avoir fait une fausse couche. Mais quand et comment ? « Tiens, tu n'es plus enceinte ? » « Non, j'ai perdu l'enfant ». Comme on perd sa clé. Et si Ugo revient ? S'il revient avec tout son amour, lui dirais-je la vérité à lui ? Le seul qui ait jamais fait réellement attention à moi ?

Quand j'ai commencé à faire le ménage au foyer des étrangers, c'est sa gentillesse qui m'a frappée d'abord. Quand j'arrivais, il montait les chaises sur la table pour m'éviter de le faire. Il se débrouillait pour que la vaisselle soit faite afin que je n'aie pas à laver, en plus du reste, les assiettes sales. À la fin des deux heures, il m'offrait un café. Il me demandait des nouvelles de la maison, les bêtises des petits frères, les premiers mots du dernier bébé. Il avait toujours le mot pour rire, pour dédramatiser la situation quand ma colère débordait. De temps en temps, il m'apportait un cadeau. Un ruban, un crayon de couleur. Je me souviens d'une mandarine qu'il m'avait trouvée je ne sais où. Comme celles qu'on avait à Noël. Il me racontait la saveur de fruits que je n'ai jamais mangés : les bananes, les pêches, les pamplemousses. Il me disait que les pamplemousses étaient gros comme une balle, jaunes comme un citron avec le goût d'une orange acide... Je riais. Il riait. Avec Ugo, je découvrais la simplicité d'être moi. Je n'avais plus peur, je lâchais prise.

Un soir, je l'ai embrassé. C'était la seule façon que je connaissais de le remercier. J'étais déjà fiancée à Octave mais cela n'avait brusquement aucune importance. La gentillesse d'Octave avait quelque chose de lointain, de solitaire. Je pense qu'il m'aimait. Résigné : puisqu'il fallait, un jour, se marier et construire une famille, pourquoi pas avec elle ? J'en étais là aussi. Puisque mon salut ne pouvait venir que de la fuite, pourquoi pas Octave avec son air de monsieur, ses horaires de bureau et sa tranquillité ? Il faudrait peu de temps pour qu'il devienne aussi silencieux que papa.

Et puis Ugo a emporté toute ma belle assurance.

Quand j'ai su que j'étais enceinte, il m'a fait comprendre que j'étais au pied du mur et que, pour sa part, il était hors de question que les choses continuent comme ça. Ou j'épousais Octave et son enfant. Ou je rompais mes fiançailles, il m'acceptait avec le bébé, on quitterait Tomblaine. Et pourquoi pas retourner en Italie ? Il me prenait dans ses bras et les choses semblaient simples, l'avenir rassurant. Alors j'ai sauté dans le vide : j'ai quitté Octave, affronté mes parents, accepté qu'Ugo reparte en Italie préparer notre arrivée. Un mois tout au plus, avait-il promis. Je t'écrirais, avait-il promis.

Il n'a pas écrit. Il n'est pas revenu. Cela fait six semaines. Je ne peux plus attendre.

Mélisse

Depuis l'aurore de ce nouveau jour, Pasteur est couché sur le flanc. Cette loque gémit et couine comme la nuit où je l'ai retiré de dessous le vieux poirier. C'est bien un mâle, tiens ! Ça ne sait pas souffrir, cette engeance !

Bien sûr que moi aussi, comme tout le monde, je la sens la pression sur la poitrine mais je sens aussi autre chose. Ça fleure nauséabond le malheur, mais est-ce que je me couche ?

Pauvre de nous, pauvre de lui ! Non, moi je me bats, je veille sur Hélène, sur Bernadette, sur Erminie et sur les petits. Je monte la garde. S'ils restent si près des maisons les horlas, c'est qu'ils reniflent la place à prendre. Ils sont là pour Claire. Pour son ventre.

Jean

Évidemment que je les ai repérés tous les deux. Ils sont arrivés vers midi et quart et lui m'a demandé une chambre. Je tiens un hôtel qui fait aussi restaurant pour les gens de passage : quand un couple me prend une chambre pour deux heures, je ne suis pas dupe. Ils payent le prix d'une nuit et ça gène qui ? Ces deux-là, je les ai donc vus arriver en pensant qu'ils allaient s'offrir un petit bout de plaisir. Lui, je le connaissais de vue. Comme il est plutôt bel homme, dans le genre sûr de lui, je n'étais pas surpris de le voir régulièrement avec des femmes différentes. La jeune fille m'a à peine jeté un œil pendant qu'il prenait la clé de la chambre. Aujourd'hui, je comprends qu'elle n'avait ni l'air béat des amoureuses, ni l'air vague des femmes mariées. Elle avait juste l'air pressé. Mais je reconnais que je n'ai pas fait très attention : c'était l'heure du coup de feu au restaurant et puis, je vous le répète, ce n'est pas mon affaire : si j'avais voulu juger mes semblables, j'aurais été curé, pas hôtelier.

Lui, je ne l'ai pas vu repartir. Après la bourre du déjeuner, je monte toujours chez moi faire une petite sieste. Vers quatre heures, je suis redescendu. La clé était revenue sur le tableau et j'en ai conclu qu'ils étaient repartis. Il a dû s'écouler encore une heure, le temps que je fasse de la paperasse, et je suis monté pour changer les draps. C'est là que je l'ai vue, en entrant dans la chambre. Elle était allongée sur le lit. Je pense qu'elle avait dû s'y traîner parce qu'il y avait du sang qui allait de la table au lit. D'ailleurs, il y avait du sang partout. Lui ou elle avait dû essayer de l'arrêter avec les draps parce qu'ils en étaient gorgés. Au milieu de tout ce rouge, elle était allongée, recroquevillée, toute blanche. J'ai cru qu'elle était morte. Je me suis précipité sur elle et j'ai entendu comme un gémissement. Elle geignait tout bas. Elle disait : « Maman, maman… » J'ai appelé ma femme pour qu'elle reste avec elle et j'ai couru à la gendarmerie. Elle est morte pendant qu'on la transportait à l'hôpital.

Les gendarmes m'ont dit qu'elle s'appelait Claire. Qu'elle avait seize ans. Qu'elle est morte d'une hémorragie qu'on aurait pu stopper si cette ordure ne s'était pas enfuie. Ce n'est pas la première fois qu'ils ramassent une femme qui a avalé des saloperies pour se débarrasser d'un enfant ou qui s'est avortée elle-même avec ses aiguilles à tricoter. Moi, quand je pense à elle, je ne me souviens même pas de son visage. Je ne vois la scène qu'en trois couleurs : tout ce rouge, tout ce blanc et le noir de ses cheveux.

Ma femme et moi on a tout récuré à fond. Bien sûr qu'on reloue la chambre, on ne peut pas se permettre de la fermer. Déjà que, depuis l'histoire, les affaires ne vont plus très bien. Simplement, quand je vois débarquer un couple, je surveille bien qu'ils repartent à deux, quitte à sacrifier ma sieste. De toute façon, depuis cette histoire, je dors mal. Je me réveille en sursaut parce que je crois entendre un chiot gémir. En fait, ce que j'entends sans cesse dans mes rêves, c'est ce murmure d'enfant qui appelle sa mère. Et je ne sais plus me rendormir.

Pasteur

J'ai mal à crever, à crever comme un homme, comme Claire. Elle est morte, je le savais bien avant qu'elle ne se vide de tout son lait rouge de la vie. Les morts ne revivront pas. Elle l'a empêché avec une aiguille à tricoter. Chasseur Morizot faiseur d'ange, tu en as fait deux d'un coup, qui vont sécher dans la terre.

Mélisse me lèche, je dois rêver. Qu'est-ce qu'elle a ? Qu'est-ce que j'ai ? Elle me prend par la peau du cou, me tire, me secoue, mais sans violence. Elle remonte le temps, me traîne dans la réserve. J'ai mal, mal à crever. Elle pleure sur moi, Mélisse. Elle pleure des larmes de mère, des larmes chaudes comme les quatre boules de poils qui étaient avec moi sous la terre.

J'ai peur, j'ai froid et je vois encore un reste de songe, un rêve, une pensée, une vision de Claire d'après le passage. Elle est sur une table froide. Deux hommes en blanc s'agitent au-dessus d'elle. L'un a une scie, l'autre une lame. Ils l'ouvrent, ils la découpent, un cœur, un foie, deux poumons et le haricot qu'elle portait dans son ventre. D'en haut, elle sourit l'ange Claire ! Elle me sourit d'un sourire d'ange, ma Claire et moi je suis un chien.

Elle fugue, elle plane au-dessus des bouchers en blanc avec son bébé pas né. Loin des jours de travail, loin des poumons, des reins en bocaux, loin des gamins braillards, elle court au travers des nuages. Elle vole vers l'Italie pleine de soleil, elle nage dans des baquets chauds. Elle rit du vent, elle rit du temps, elle rit de tout. Elle est morte ma Claire vidée de son sang. Quand je pourrai, j'irai tendre ma gorge à Ceinture pour qu'il la déchire, j'irai rejoindre mon amour dans les nuages, j'irai...

Mélisse m'a tiré au vieux poirier, elle m'a mis la truffe dans la terre pour me faire sentir l'odeur pourrie des autres boules de poils redevenues terre. Elle me fait refaire le chemin de la vie, ma mère. Claire, ma maîtresse, mon amour m'appelle d'Italie et Mélisse me fait ressentir la terre... Mélisse par les crocs me retient à la vie.

Erminie

Quand les gendarmes sont venus me chercher à l'usine, je me suis dit qu'elle avait de nouveau fugué. Qu'on l'avait retrouvée à Nancy ou à Metz comme la dernière fois. Je me suis dit qu'elle avait vraiment le diable au corps et que son père allait lui faire passer un mauvais quart d'heure. Ils ont été très gentils, les gendarmes. Je ne me souviens pas trop comment ils m'ont annoncé sa mort, je ne me souviens pas de grand-chose, je me souviens juste qu'ils ont été très gentils. Le patron de l'usine était là et lui aussi il a été très gentil. Il m'a dit :

– Erminie, si vous voulez, vous pouvez prendre votre après-midi.

Alors je suis partie avec les gendarmes. Ils m'ont raccompagnée à la maison et on a attendu Louis pour pouvoir aller reconnaître le corps. Je ne sais plus comment j'ai traversé ces heures avant de la voir. Mon amie Mariette est venue pour s'occuper de maman et garder les petits. Les gendarmes étaient assis là, dans la cuisine. Je leur ai servi du café. Curieusement, maman n'a pas dit un mot. J'ai expliqué à Mariette tout ce qu'elle devait faire. C'est étrange parce qu'elle pleurait en m'écoutant et ça m'agaçait. J'étais étrangement calme. Non, pas calme. Vide. Quand Louis est arrivé, je lui ai juste dit :

– Claire est morte.

Il s'est assis sur la première chaise. Sa musette serrée contre lui comme un rempart contre mes mots.

– Quand, comment ?, a-t-il articulé avec difficulté.

Les gendarmes ont pris le relais, avec des mots simples et embêtés.

– Nous avons besoin de vous pour reconnaître le corps, ont-ils expliqué comme si les papiers de ma fille, trouvés dans le sac de ma fille, près du corps de ma fille n'étaient pas suffisants en soi. Comme si, quelque part, il nous restait l'espoir que ce ne soit pas Claire qui soit couchée là-bas, à nous attendre, comme elle ne l'avait jamais fait.

Bien sûr que c'était elle, sur la table d'acier, sous les lumières si blanches. J'ai mis ma main dans ses cheveux, ses cheveux si bruns que je me suis toujours demandée de qui elle les tenait, cette fille et sœur d'enfants blonds. Ce n'est pas la première fois que je vois un cadavre. Je sais avant de l'embrasser que son visage sera froid. Que ses yeux fermés ont beau lui rendre le visage qu'elle avait bébé lorsqu'elle dormait – depuis combien de temps ne l'ai-je pas regardée dormir ? –, il n'y aura plus ni souffle, ni chaleur autour de sa bouche.

Lorsque nous sommes rentrés à la maison, Mariette avait couché les enfants. Je n'aurais pas eu le courage d'affronter leurs regards. C'était déjà bien assez dur d'être assise là, dans la voiture des gendarmes, aux côtés de Louis, sans même que nos mains osent se toucher. Personne ne parlait : ni les gendarmes, ni Louis, ni moi. Je revoyais sans cesse le visage livide de ma fille. Louis est parti se coucher sans un mot, sans un sanglot. Je n'aurais pas supporté qu'il reste à mes côtés. Je voulais être seule avec tout ce vide.

Machinalement, je me suis assise et j'ai saisi mon tricot. Maille après maille, je revivais lentement la trame de la vie de mon enfant. Je la revoyais petite fille ; je cherchais le moment où tout avait basculé dans les reproches, les rancœurs, les fugues. C'était bien avant Octave, bien avant Ugo. Je me souviens de ces soirées où, pendant que je tricotais, ma portée de mômes s'asseyait en cercle à mes pieds, se disputant pour tenir la pelote de laine. « Chante, maman », disaient-ils. Et je chantais. Toutes ces chansons d'amour à trois sous qu'on apprenait dans les courées auprès des chanteurs de rues. Ils distribuaient les paroles et nous faisaient répéter les chansons. Après leur passage, on perdait quelques mesures, quelques vers. Mais la chanson continuait de vivre, transformée. À mon tour, je prenais ma place dans cette chaîne en les apprenant à mes enfants. Claire adorait les histoires d'amour qui finissent mal. C'est drôle, je n'en connais aucune qui se termine bien. Les garçons se battaient avec les filles parce qu'ils préféraient ces vieux refrains d'avant la guerre de 14, ceux de leurs grands-parents allemands malgré eux, où il n'est question que de rendre la Lorraine à la France ou de mourir valeureusement, la fleur au fusil. L'un des petits s'endormait toujours dans les bras des aînées. Souvent ceux de Claire.

Je n'arrive pas à lui en vouloir. Tout mon être se révolte contre sa mort ; sa décision de ne pas garder cet enfant me remplit de colère, de honte. J'ai envie de la frapper. Et pourtant, ce n'est pas contre elle que j'en ai. Par bouffées, je l'envie mon enfant rebelle. Je l'envie d'avoir osé, d'avoir bravé le reste du monde, d'avoir refusé ce que chacun d'entre nous s'évertuait à lui imposer. Moi la première. J'étais jalouse de sa liberté, jalouse de l'assurance nouvelle que lui donnait son Ugo. Oh, avant lui elle n'en manquait pas, de cette insupportable insolence. Mais elle en était comme empruntée, comme embarrassée. Ugo – par quel miracle ? – lui a donné une assurance qu'elle s'est empressée de me jeter à la figure.

Minuit. Avant d'affronter le petit matin d'une nouvelle vie sans Claire, il me reste une chose à faire. Je descends à la cave. Dans la vieille boîte à gâteaux rouillée, je récupère le paquet de lettres aux timbres italiens. Je ne les ai pas ouvertes, je ne voulais pas les lire. Je voulais seulement qu'elle souffre. Peut-être lui dit-il qu'il ne revient pas. Mais peut-être lui répète-t-il qu'il l'aime. Elle ne l'a pas su, je ne le saurai pas. Je vais les brûler et passer le reste de ma vie à me persuader que ma fille a été la victime d'un homme égoïste. Devant ce papier qui brûle, c'est la dernière fois que j'envisage qu'elle ait pu mourir du manque d'amour de sa mère.

Ceinture

Garce de chaîne... Mélisse, ma seule chienne, mon absente, a hurlé à la mort la nuit d'avant. J'ai tiré, tiré désespérément sur la chaîne. Je ne souhaitais qu'une seule chose, qu'elle m'arrache à la douleur, qu'elle m'égorge, qu'elle fasse couler mon lait rouge de la vie. Il faut qu'elle craque ou me délivre enfin du long cauchemar. J'ai pris le plus d'élan possible et j'ai sauté. Et puis...

Plus rien.

Je me suis retrouvé au-dessus du vieux poirier. Je voyais Mélisse lécher mon corniaud de Pasteur. J'ai aboyé, j'ai aboyé à la vie puisque j'étais mort. Les yeux de mon vieux chiot épouvantés se sont levés au ciel, se sont fixés à moi. Sa vie le fuyait.

Je lui ai crié :

– Accroche-toi, mon petit ! Je suis mort. Toi, reste

avec ta mère sur cette terre. Moi je te promets que je ne reviendrai pas, je ne te ferai pas hurler à la nuit tombée. Je ne serais pas comme tous ceux qui tournent autour des maisons. Cette vie m'a suffi. Foi de Ceinture, je résisterai à l'appel.

Flotter par le dessus, quel délice, quelle liberté ! Merci au grand tout de ne pas avoir inventé les chaînes et les colliers pour les fantômes. Je ne serai pas non plus de ceux qui font crier à la mort les autres loups et les autres chiens. J'irai par les chemins du ciel et loin des ventres des femelles. Moi, c'est autre chose ! J'étais un damné de cette terre. Prends ton temps petit, tout ton temps, tout celui qui est à toi.

Mon enfant a fait un geste vers moi. Mélisse, sa mère aux douces mamelles l'a retenu par les crocs, lui a enfoui la truffe dans la terre, là où on avait enterré nos chiots, mes petits martyrs à moi, moi le pauvre Ceinture.

La Justice

Monsieur le Procureur,

Dans l'affaire Claire S., j'ai, à votre requête, entendu les parties en présence. Je vous rappelle les faits : Claire S., 16 ans, domiciliée à Tomblaine, a été trouvée gravement blessée à l'hôtel de la gare de Jarville-la-Malgrange, le 15 septembre 1948. Elle est décédée dans l'ambulance qui l'emmenait à l'hôpital, d'une hémorragie interne due à un avortement. Il n'a pas été difficile de retrouver le meurtrier qui s'est, d'ailleurs, dénoncé lui-même à la police, le lendemain.

Bien notée dans l'entreprise M. où elle était secrétaire, Claire S. avait cependant déjà eu affaire à la gendarmerie pour fugues répétées du domicile parental. Fiancée à un employé des Postes de Tomblaine, Octave K., elle était enceinte de lui mais l'avait quitté pour un ouvrier italien dénommé Ugo P., en Italie à l'époque des faits.

L'avorteur, Roger M., 37 ans, marié, trois enfants, contremaître dans l'entreprise M. où travaillait la victime, a reconnu les faits. Il est apprécié par ses patrons et sa vie de famille semble très équilibrée, ainsi que sa vie sociale, comme en témoigne l'enquête de voisinage. Selon lui, très ami avec la jeune fille, il a accepté de l'avorter devant sa détresse. C'est la première fois qu'il pratiquait un avortement, à l'encontre de ses convictions, et a avoué avoir paniqué lorsqu'il a vu l'hémorragie et s'être enfui.

J'ai auditionné tous les protagonistes de l'affaire. D'où il ressort que Claire S. était une jeune fille très perturbée, en constante rébellion contre sa famille et la société. D'où il ressort que Roger M., actuellement emprisonné depuis six mois à la maison d'arrêt de Metz, n'est pas coutumier des faits. Par ailleurs, selon le rapport des médecins, atteint de tuberculose, son espérance de vie est brève à court terme. Vu l'encombrement actuel des prétoires, les médecins craignent que son décès n'intervienne avant qu'une peine puisse être prononcée. Sa femme et ses enfants ayant, depuis les faits, quitté le village de Tomblaine, il n'y a pas à craindre de réaction de la population en cas de relaxe.

En vertu de ces conclusions, Monsieur le Procureur, je propose que cette affaire soit classée sans suite.

Respectueusement,

François Delcroix, juge d'instruction

Hélène

Ce matin, les filles de l'usine m'ont appris que Morizot était mort hier. Six mois à peine après l'enterrement de Claire. Une tuberculose paraît-il, qu'auraient aggravée ses rares semaines de prison. Il est mort au chaud, dans des draps. Blancs, pas rouge sang. Mon Dieu, faites qu'il ait souffert. Qu'il ait vu s'approcher la mort, qu'il ait eu le temps de comprendre, d'avoir peur. Faites qu'il ait eu le sentiment de mourir à chaque quinte de toux, que ça ait duré longtemps.

Depuis six mois je ne souhaite qu'une chose : qu'il crève. Et maintenant que c'est fait, je ne sais plus quoi faire de ma haine. Tout le monde est mort, on oublie tout ? Comment disent-ils au village ? « *Il faut laisser les morts enterrer les morts* ». Tu parles. Ma vie n'est pas un cimetière, c'est un champ de bataille. J'entends qu'on y hurle, qu'on y pleure, qu'on se vautre dans la merde.

Morizot s'est enfui et moi je reste condamnée, attachée à cette ville, à cette maison, à cette famille.

Maman est de plus en plus fatiguée. Elle n'en finit plus de rapetisser dans son trouble chagrin. Elle n'a plus de patience avec les petits, elle n'a plus d'envie. Elle passe son temps à l'église : messe tous les matins avant l'embauche, messe tous les dimanches, la première, celle à laquelle elle se rend à jeun pour pouvoir communier. Avaler le corps et le sang de son Christ. Comme si, du sang, il n'y en avait pas eu assez comme ça. Je ne sais pas ce qu'elle expie. Je sais juste qu'elle rend grâce chaque jour au curé d'avoir accepté d'enterrer Claire après une jolie messe dans l'église bondée. Je ne sais pas comment il s'est débrouillé avec ses hiérarchies, celle d'ici et celle de là-haut, mais il faut dire qu'il a fait fort le curé : une messe d'enterrement pour une petite traînée qui venait de se faire avorter... Les fenêtres ont jasé, je vous le garantis. Mais maman n'oublie pas cet ultime geste de celui qui l'a mariée et qui nous a tous portés, avec plus ou moins de bonheur, sur les fonts baptismaux, et suivis de la première communion à la confirmation, en passant par la grande communion. Celle qui aligne nos photos sur le buffet, nos premières photos officielles. Les garçons, debout, de trois quarts, en costume, pantalons courts, mèche lissée et ruban noir au bras. Les filles à genoux, les mains gantées jointes autour du chapelet, les cheveux crantés retenus sous le voile blanc. Nous trônons là, les cinq aînés, brochette de bondieuserie qui clame l'attachement de notre mère à notre très sainte Mère. Est-ce que Dieu, le curé et maman font des comptes? François au séminaire, voilà qui rachète peut-être la faute de Claire. Un fils prêtre contre une fille avortée, c'est suffisant? Ça nous sauve tous ou juste maman?

La vie était déjà dure quand Claire était là. Maintenant c'est le désert, plus personne ne parle. Le père travaille comme un damné. La nouvelle maison est enfin finie. Elle est née de tout son amour pour nous et s'est terminée avec toute sa rage et tout son chagrin. C'est bien d'y être. On ne s'attend pas à croiser Claire à chaque ouverture de porte. Les filles ont leur chambre, les garçons la leur. La grand-mère est en bas: elle ne peut pas monter les escaliers. Mais ça ne va pas durer. Elle décline lentement. Elle devait croire que la méchanceté la protégerait de tout. Que gueuler sur tout le monde et à tout bout de champ tiendrait le malheur à distance. Ben ça n'a pas marché. Du coup, elle s'éteint comme s'éteignent les lampes à pétrole qu'on n'a pas rechargées. Elle devient bleu pâle.

Moi, je fais celle qui passe inaperçue. Je continue à

faire celle pour qui tout va bien. Lorsque j'étais petite, maman disait : « Avec Hélène, je n'ai jamais de problème. » Cela me rendait terriblement fière et Claire terriblement jalouse. Hélène la douce, Claire la rebelle. Voilà comment se constituent les viatiques intangibles.

Claire, ma sœur, tu me manques. Plus personne ne prononce ton nom. Pour cause de honte, pour cause de peine. Moi, je te parle tout le temps dans ma tête. Si c'était moi la rebelle, aurais-je su me battre pour Octave ? Aurais-je osé t'affronter ? Aurais-je dû le faire ?

Parfois, la colère est plus grande que le chagrin et je me mets en route pour le cimetière pour aller cracher sur ta tombe. Et quand j'arrive devant la dalle grise où il y a juste ton nom et deux dates, 1932-1948, je m'effondre en larmes. Et ton Ugo, où est-il ? A-t-il su ? Peu après ta mort, je suis retournée au foyer des travailleurs italiens, pour avoir des nouvelles. Ils ont été muets, pires que ta tombe, ils avaient peur. Peur des ennuis, peur qu'on leur demande des comptes, qu'on les renvoie dans leur pays de crève-la-faim. Alors, je suis repartie encore plus seule.

Un matin, le facteur est passé, maman n'était pas là. J'ai pris la lettre au beau timbre chatoyant. J'ai longtemps regardé l'enveloppe fermée. Elle venait d'Italie. J'ai fini par la poser sur la table, bien en évidence.

Et je suis allée trouver Octave.

Pasteur

Je suis resté. J'ai le mal de la vie, j'ai le mal de Claire. Peu de temps après sa mort, j'ai cru voir Ceinture au-dessus du poirier. Un Ceinture doux et paternel. Qu'est-ce que ça ne nous fait pas croire, la douleur. En peu de temps la mère Erminie s'est voûtée. Elle ressemble de plus en plus à la vieille maîtresse qui n'est plus là désormais. Hélène est partie, les petits ont grandi. Je m'étiole dans cette existence qui se traîne.

Une nuit pareille à cent autres, vide par les absences, les horlas étaient là. Ils ont pénétré, alors seul face à eux, j'ai défendu la maison. Il le fallait pour les petits qui sont grands et qui vont partir bientôt. Au matin, j'ai cherché Mélisse, elle avait disparu. Elle ne gardait plus, elle ne protégeait plus. Ce n'était pas normal. J'ai reniflé sa trace jusqu'au vieux poirier...

En panique, je suis revenu chercher Nicole. Je l'ai tirée, je l'ai poussée jusqu'à ma Mélisse allongée. La petite sœur de Claire a creusé un trou avec ses mains, elle a fait un signe de croix, puis elle a couché ma mère auprès de mes frères.

La vie a repris, le temps a glissé, insipide comme de l'eau.

Octave

Quand Hélène est venue me trouver ce soir-là, à la sortie de la Poste, je me suis d'abord demandé quelle mauvaise nouvelle elle apportait. Après l'enterrement de Claire, j'étais passé quelques fois chez elle puis j'avais espacé, jusqu'à cesser.

La vieille est morte. Louis se dissout dans son mutisme. Erminie semble exsangue. Seuls les petits s'amusent avec le nouveau bébé que leur maman a pondu cet hiver. Ils l'ont appelé Renée mais c'était un mensonge : personne n'était né de nouveau dans cette famille de morts-vivants. D'ailleurs, le bébé a failli ne pas vivre. Une bête histoire d'intestin mal terminé et la petite a failli mourir d'une hémorragie. Tu le crois ça, Claire ? Je me suis d'ailleurs demandé quel était ton rôle dans cette histoire. Esprit démoniaque voulant se venger de cette famille mortifère ? Ou ange miséricordieux préservant une âme innocente ? Ta mort m'a rendu dingue : moi, le rationaliste, me voilà qui cherche ta main partout dans ce monde où tu n'es plus.

Quand j'ai vu qu'Hélène m'attendait au pied de la Poste, j'ai cru qu'un nouveau malheur était arrivé. Et puis non. Elle m'a juste demandé comment j'allais. Plutôt bien et toi ? Bien aussi. Elle voulait juste des nouvelles. Nous sommes allés tranquillement jusque chez moi à pied. Mais elle n'a pas voulu rentrer. Il faut dire que ma mère et mes sœurs n'apprécient ni le souvenir, ni la famille de celle qui m'a, tour à tour, séduit, humilié et trahi. Elles ne comprennent pas que même l'humiliation, même l'incompréhension nourrissent et entretiennent la mémoire de Claire en moi. Parce qu'elles me réveillent la nuit, sarabande sauvage et stérile.

Hélène m'a demandé si j'acceptais de la revoir. J'ai dit oui, bien sûr. Je comprenais son envie de se raccrocher au passé, fut-il douloureux. Nous avons pris rendez-vous pour aller au cinéma le samedi suivant à Nancy, loin des fenêtres de ce village, et je l'ai regardée partir. Si différente de sa sœur. Mi-blonde, mi-rousse, les yeux clairs, verts peut-être, la silhouette gracile, le pas dansant. Rien à voir avec la tornade d'énergie brune et ronde de son aînée. Plus jolie peut-être, mais tellement moins vivante...

Après le cinéma, ce samedi-là, nous sommes allés manger une glace. Nous avons un peu parlé du film. J'attendais la question. Il en est venu une autre :

— Et l'enfant, tu y penses parfois ?

J'ai fermé les yeux. Puis je les ai rouverts, droit dans les siens :

— Il n'y a pas de place en moi.

Pouvais-je répondre à cette jeune fille, à peine femme, que je haïssais cet enfant. Que je ne cessais de me dire que s'il n'avait pas existé, tout aurait basculé. Et que c'est là que réside ma plus grande responsabilité. Que Claire m'ait préféré Ugo, qu'elle ait privilégié l'évasion à la morne destinée d'une épouse de petit fonctionnaire, cela ne m'introduit dans la pièce qu'en tant que personnage secondaire, un peu ridicule, un peu pathétique, le rôle du cocu. Qu'elle ait porté l'enfant que je lui avais planté dans le ventre et qu'elle en soit morte, me place au premier rang au grand jeu des responsables.

— Moi, j'y pense tout le temps, m'a répondu Hélène. Chaque fois que je vois Renée, je me dis que ce devrait être l'enfant de Claire. Note bien que je ne dis pas le tien. Pour moi, la mort de Claire a effacé le poids des hommes sur sa vie.

Je lui ai pris la main et elle a eu un sourire triste. Nous sommes rentrés. Nous avons pris l'habitude de nous voir, sans plus jamais parler de Claire. La nuit, dans mes insomnies, je me demandais si Claire l'ange m'envoyait sa sœur pour me consoler. Ou si Claire la démone allait se déchaîner contre mes velléités de bonheur.

Un jour, j'ai embrassé Hélène. Puis j'ai pris sa virginité comme j'avais pris celle de sa sœur. Non pas avec passion, non pas dans cette fureur charnelle qui m'avait jeté contre son aînée. Mais avec tendresse, avec l'envie de l'enrober de mon corps, de la protéger. Et sans tristesse. Je me suis dit ce jour-là qu'il était doux d'aimer Hélène. Et je n'ai plus jamais fait de comparaison.

Hélène

Depuis que mon Octave a été nommé receveur du bureau de Poste, les fenêtres ne cancanent plus dans mon dos. J'ai arrêté de travailler à la fabrique. Je m'occupe de notre appartement de fonction. Je brique chacune des quatre pièces le matin, je fais les courses et, l'après-midi, je monte jusqu'à la maison. Je prends un café avec maman, je m'occupe des petits, les trois derniers, devoir, sorties, chagrin d'enfants. Ils grandissent dans un linceul de silence et je m'applique à les ramener, chaque jour un petit peu, à la vie.

Monsieur notre bon maire, cet hiver, a fait raser le foyer, il n'y a plus d'Italien sur la commune, il n'y a plus de chants au chantier et dans un mois j'accouche. Et j'ai peur.

Pendant deux ans, je n'ai pas voulu d'enfant. Et

Octave était d'accord. Octave est toujours d'accord. Les fenêtres scrutaient mon ventre et s'inquiétaient de son insupportable platitude. Elles ne savaient pas que tous leurs avenirs d'enfants se terminaient en une flaque visqueuse sur mon ventre ou sur les draps. Et puis le médecin m'a expliqué que je n'étais féconde que quelques jours par mois, il suffisait de compter. J'ai acheté un calendrier et j'ai compté. Ah, ce fut la fête à la maison. De vraies nuits de jeunes mariés. Deux mois plus tard, je n'avais pas mes règles. Et depuis je n'ai cessé d'avoir peur.

Oh, bien sûr, je fais celle qui est tellement heureuse ! Il faut bien répondre aux attentes des fenêtres. Seul Octave sait que je rêve de sang, que je rêve de mort. Lui seul me récupère, haletante, en larmes. Lui seul me berce avec douceur, dans un mot. Éveillée, je sais bien, ma sœur, que c'est toi qui reviens dans mes rêves. Mais je ne suis pas folle, je suis juste malheureuse. Je ne veux pas de cet enfant que ma sœur a refusé. Je ne veux pas être mère par procuration. D'ailleurs, ce petit-là le sait bien. Il grandit en douce, il se nourrit de moi sans que mon ventre ne s'arrondisse. Jusqu'au sixième mois, personne ne voulait croire que j'étais enceinte. Se dit-il qu'à se faire invisible, il ne risque rien ?

J'ai peur, Claire. Peut-être que c'est toi qui dors au chaud dans mon ventre. Je t'ai vue en rêve avec le chien des fermiers, Ceinture, le monstre qui attaquait tout le monde. Tu lui parlais, tu le caressais, alors paisible, il a mis son museau contre mes seins. Au début, j'ai eu peur, puis il m'a léchée d'amour. On a ri toutes les deux comme quand on était gamines. C'est bizarre les rêves ! Non, ma sœur, ce n'est pas toi qui reviens en moi. La vieille Marie-Jeanne, tu sais la veuve du Raymond, me l'a dit l'autre jour avec son pendule : ce sera un garçon.

Ce sera un garçon. Il s'appellera Laurent.

Ceinture

Depuis que je suis mort, je cours les bois, les villes, les champs. Je sens l'appel du retour comme tous ceux de mon état, mais je résiste, ça m'intéresse pas de recommencer. Pour quoi faire ? Encore une vie de chien pour retrouver la servitude, la captivité, la haine.

Au hasard des fragrances, je suis tombé sur la trace de Claire. Elle tournait comme d'autres autour du ventre d'une femme, un ventre habité qui n'attendait qu'une âme. Quand nos pensées se sont rencontrées, elle a souri :

– Mon vieux Ceinture, si je m'attendais.

Elle m'a caressé, même pour un fantôme c'est bon l'idée des mains. C'est bon de rêver aux doigts écartés qui grattent et qui flattent. J'ai pleuré pour me nettoyer de la bêche, de la peur du Raymond, de la chaîne et du goût écœurant du lait de la vie. Si seulement une bouche, une mamelle, un sourire étaient venus à moi. J'ai jamais vu les yeux de Mélisse, juste ses reins, pourquoi ? En me nommant Ceinture, tout avait été dit avant même de vivre, pourquoi ?

Claire m'a conté la trouille bleue que je lui faisais en bas quand elle était enfant, elle a ri avec moi du lait du bâton de Raymond. Elle m'a dit qu'elle non plus ne voulait pas revenir dans le ventre de la femme, c'était trop bon d'être libre. Elle a parlé de chez nous là-bas-en-bas, des petits et des éclats de bonheur, de la vieille, du père, du passage. Jamais personne ne m'avait tant parlé.

Doucement, sans violence, Claire a écarté les ombres qui s'approchaient de trop près du ventre de la femme en leur disant : « Cette âme n'a jamais connu un mot ou un geste d'amour, pas un jour, pas une minute. Vous vous imaginez, ils l'ont appelé Ceinture. » Alors vers moi, tous ils se sont tournés, les morts de 14, les pyjamas rayés, les travailleurs enterrés, les enfants martyrs, les femmes assassinées. Et ils se sont retirés du vortex qui les attirait vers le ventre de la femme. Claire a repris ses caresses, ses doigts dans mes poils, ses mains sur mon cou.

— Va, n'aie pas peur, plus jamais personne ne t'appellera Ceinture. C'est la loi. Par ta douleur, tu es prioritaire, il y a un ordre dans les sphères célestes. Ce n'est pas comme chez les vivants, ici on laisse sa place. L'absence de cœur cogne plus fort qu'un cœur vif. C'est le chaud de l'âme qui fait force de loi pour les ombres qui errent dans le froid, va et vis.

Quelle chute, l'incarnation ! J'avais encore peur, alors avant que tout ne se brouille, elle a versé en moi la rivière d'amour qu'elle avait dans son cœur.

Je me suis senti plein, glissant au travers du ventre de la femme vivante. J'allais enfin avoir des mains qui sauront caresser.

Erminie

C'est bien ma fille ! Pousse, pousse, pousse, encore... Stop. Arrête. Respire, comme dit la sage-femme. Fais le petit chien. Vas-y pousse, pousse !

Mon Dieu, qu'elle est belle...

— Hélène, mon enfant, comment tu veux l'appeler, ta fille ?

DES MÊMES AUTEURS

Violaine Gelly

Charlotte Delbo, Fayard, 2013.
Prix de la critique et prix de la biographie 2013.

•

Karen Blixen, Libretto, 2017.

•

La vie dérobée de Sabina Spielrein, Fayard, 2018.

Bernard-Élie Torgemen

Vivre c'est magique, Maren Sell, 2007.

•

Histoires vraies extraordinaires de l'inconscient,
Fayard, 2009.

Héliopoles

22, rue des Taillandiers 75011 Paris
www.heliopoles.fr

Claire et les ombres © Héliopoles
Illustration de couverture © Ewa Roux-Biejat

1re édition – 12,50 € TTC

ISBN 978-2-37985-036-3

Imprimé en Europe (Pulsio)
Dépôt légal - octobre 2021